J.W. VON GOETHE

La nueva Melusina

AF283148

CLÁSICOS

Serie **Literatura**

consejo editor JUAN BARJA
FÉLIX DUQUE
JOAQUÍN GALLEGO
FERNANDO GUERRERO
JULIÁN JIMÉNEZ HEFFERNAN

Cualquier forma de reproducción, distribución, comunicación pública o transforma-
ción de esta obra sólo puede ser realizada con la autorización de sus titulares, salvo
excepción prevista por la ley. Diríjase a CEDRO (Centro Español de Derechos Reprográ-
ficos, www.cedro.org) si necesita fotocopiar o escanear algún fragmento de esta obra.

© JUAN BARJA, 2025
de la traducción

© YAGO BARJA, 2025
de las notas

© ABADA EDITORES, S.L., 2025
Calle del Gobernador, 18
28014 Madrid
WWW.ABADAEDITORES.COM

diseño SABÁTICA

producción MERCEDES DE LA ROSA

ISBN 979-13-87521-32-5
thema FBC
depósito legal M-24616-2025

preimpresión ESCAROLA LECZINSKA
impresión SEGCOLOR

J. W. VON GOETHE

La nueva
Melusina

Traducción
JUAN BARJA
Notas
YAGO BARJA

MADRID 2025

A B A D A EDITORES
CLÁSICOS DE LA LITERATURA

Nota editorial

La nueva Melusina de Johann Wolfgang von Goethe se publicó por primera vez en 1817 en el *Libro de bolsillo para damas*, una antología de cuentos fantásticos de varios autores de la época. Años después, Goethe lo incluiría, sin cambio alguno (exceptuando la breve introducción, que eliminó), en su novela *Los años de errancia de Wilhelm Meister* (libro III, capítulo VI).

Abada editores incluyó este cuento en su edición de *El román de Melusina* de Coudrette (1401), un texto de origen medieval nacido de las viejas leyendas e historias maravillosas de tradición oral, recogidas en *chansons* y *romans* caballerescos, que permeó los siglos posteriores e inspiró a autores como Ludwig Tieck, Friedrich de la Motte Fouqué o el propio Goethe. En cualquier caso, *La nueva Melusina*, como el título indica, se presenta como una pieza original fruto de la fantasía del autor del *Fausto*, que se distancia intencionadamente en estructura, forma y, sobre todo, contenido de la «Melusina» original, aunque conserva el mismo aroma fabuloso y feérico de aquélla, junto con la ácida crítica al deseo desenfrenado de riqueza y ociosa pasividad de los ricos.

Dado el interés y calidad del texto, hemos considerado oportuno editarlo de manera independiente en esta pequeña edición de bolsillo.

Dibujo a pincel de Arnold Bierwisch (ca. 1948)
para *La nueva Melusina* de Goethe.

Alguien ha manifestado deseos de conocer el cuento del que hablo al final del segundo tomo de mis confesiones[1]. Por desgracia, no me es dado presentarlo ahora en su primitiva e inocente realidad. Fue puesto por escrito mucho tiempo después y, en su forma actual, pertenece a una época de mucha mayor madurez que aquella que allí nos ocupa. Baste lo cual para prevenir al lector juicioso. Por tanto, si hoy debiera referir aquella historia, comenzaría de la forma que sigue:

Cierta noche, un grupo de jóvenes nos habíamos reunido en una taberna para celebrar una fiestecilla. A fin de que, como ocurre con frecuencia, no fuéramos perturbados por conversaciones nacidas del azar y discusiones casuales, habíamos convenido en que cada cual referiría la más singular aventura de amor que le hubiera sucedido, para amenizar y entretener con ella la reunión. El primero a quien le tocó la suerte había comenzado ya a cumplir con su deber, cuando se presentó un desconocido, a quien observamos todos con atención, tanto mayor, ya que su perturbadora presencia se hacía desagradable. Era de notable estatura y anchos hombros; su porte denotaba agilidad y seguridad, dentro de cierta rudeza; su rizada cabellera morena le daba un aire juvenil, lo mismo que su bien afeitada barba azulada y de aspecto varonil. Tomó acomodo, con su botella, en una mesa aparte; pero apenas observó que continuábamos en silencio, se acercó y dijo con ademán cortés: «Señores míos, he entrado aquí como en la sala de una taberna; pero, según observo, están ustedes celebrando una reunión privada y prefiero beber mi botella en el zaguán para no perturbarlos». Este discurso nos ablandó al instante, y el que presidía la velada, habiendo visto en los ojos de todos la impresión de sus palabras, lo invitó a sentarse con nosotros y a relatarnos también la suya, una vez concluida la ronda de historias. El desconocido aceptó gustoso la proposición y, al cabo de unas horas de placentera escucha, hacia la medianoche, llegado su turno, comenzó su discurso con un punto de íntima modestia acorde al resto de rasgos de su persona: «No voy a negar, señores míos, que los acontecimientos y amorosas aventuras que merecen sus elogios deben ser considerados como notables y destacados; pero permítanme que les refiera ahora una historia que supera con creces las precedentes»[2].

*
* *

Distinguidos señores, sabiendo que no sois aficionados a las introducciones excesivas, quiero esta vez asegurarme de que os agrade mi relato. Ciertamente, he logrado ya otras veces, al narrar un suceso verdadero, una satisfacción tan elevada como general, pero ahora quiero relatar una historia que supera todas mis narraciones anteriores, y que, a pesar de haberme sucedido hace bastantes años, todavía continúa inquietando mi memoria, como si insinuara un desarrollo que jamás alcanzara su final. En verdad que sería cosa rara encontrar un suceso comparable.

Debo confesar, antes que nada, que mi modo de vida no fue siempre orientado de modo que en los días sucesivos, o incluso muchas veces de manera inmediata, al otro día, la cosa se encontrara asegurada. No fui muy diestro en mi juventud en la forma de irme administrando, por lo que, en numerosas ocasiones, me encontraba en apuros. Cierto día que me preparaba para un viaje que podía aportarme algún ingreso, e incluso ganancias sustanciosas, decidí comenzar más a lo grande. Al principio tomé para mí sólo un buen coche, después ve vi obligado a pasar a la posta, con los otros, hasta que, al final, me vi forzado a seguir mi camino a pie.

Siendo entonces muy joven y despierto, tenía normalmente por costumbre, en cuanto llegaba a una posada, acercarme en seguida a la ventera, o a la cocinera algunas veces, para bromear con ellas y mostrarme en alguna medida adulador, algo que, en numerosas ocasiones, hacía descender algo mi cuenta.

Una noche, llegado a la posada de una pequeña villa, cuando iba a proceder conforme a mi costumbre, sentí llegar veloz a mis espaldas, para detenerse ante la puerta, un hermoso landó de dos asientos y con cuatro caballos como tiro. Me volví y pude ver a una muchacha que venía sola, sin criada ni ninguna otra clase de servicio, de modo que le abrí la portezuela de inmediato, y después le pregunté si tenía algo que ordenarme.

Cuando la dama al fin bajó del coche pude ver su figura, tan hermosa como lo era su rostro; una muchacha de un enorme atractivo, aunque, observando sus rasgos de manera más atenta, se desprendía de ellos como un aire de discreta tristeza. Nuevamente pregunté si podía serle útil emplear mis servicios... «¡Desde luego! –respondió–. Coja usted con gran cuidado la cajita que hay junto a mi asiento, atendiendo ante todo a no volcarla, ni agitarla tampoco...». Tras cogerla muy atento, según me lo indicaba, la muchacha cerró la portezuela, y, después de subir las escaleras y entrar junto a mí en la posada, indicó al mozo de servicio que iba a pasar la noche en el lugar.

Al quedarnos solos en su cuarto, me pidió que pusiera la cajita con cuidado encima de la mesa que se hallaba pegada a la pared, y, cuando advertí por su actitud que quería quedarse un rato sola, me despedí, besándole la mano de manera, aunque honesta, apasionada. «Pida que nos preparen una mesa para cenar los dos», me dijo luego. Ya imaginarán con qué placer realicé yo su encargo de inmediato, mirando con soberbia al posadero, la posadera y el resto del servicio. Tras lo cual, esperé con impaciencia y ansiedad el momento de encontrarla. Pero ella en seguida apareció, y, sentados ya uno frente al otro, pude disfrutar por vez primera en mucho tiempo de una buena cena, y en tan atractiva compañía que, a cada minuto que pasaba, me iba pareciendo más hermosa.

Su conversación era agradable, aunque siempre trataba de evitar cuanto se refiriera de algún modo a las inclinaciones amorosas. Recogieron la mesa; yo dudaba, buscando cualquier modo de acercarme a ella, pero siempre inútilmente; la dignidad y firmeza de su gesto me mantuvo apartado, sin poderle oponer mis intentos, de manera que, al cabo de un rato, aunque a disgusto, nos despedimos.

Pasé aquella noche sumido en un inquieto duermevela, moteado de sueños intranquilos. Me levanté temprano y me informé de si había pedido que engancharan los caballos. Respuesta negativa. De modo que, saliendo hacia el jardín, vi que estaba arreglada, a la ventana, y me apresuré a ir hacia ella. Viéndola nuevamente tan hermosa, más hermosa aún que ayer, al acercarme sentí alzarse de golpe mi deseo en mi interior, junto al atrevimiento y la temeridad; caí sobre ella y, de pronto, la tuve entre mis brazos.

«¡Oh, mujer celestial, irresistible! –le susurré–, ¡perdona, no he podido controlar mis impulsos...!». Ella entonces, con destreza y soltura insospechadas, se libró de mi abrazo, sin que hubiera ni siquiera podido darle un beso en sus dulces mejillas, y me dijo: «Evite repetir esos excesos de pasión repentina, si no quiere perderse para siempre una fortuna que ya tiene muy cerca, aunque antes deberá superar algunas pruebas».

«Si no me haces perder toda esperanza, ¡mándame lo que quieras, ángel mío!», exclamé, y ella dijo, sonriendo: «Si acepta ponerse a mi servicio, tiene que conocer mis condiciones. He venido aquí con intención de encontrar a una amiga con la cual he pensado quedarme algunos días; pero, mientras tanto, desearía que mi coche siguiera su camino llevando mi cajita en su interior. ¿Quiere usted ocuparse de llevarlo? No ha de hacer otra cosa que poner con el mayor cuidado el cofrecillo dentro del coche y sacarlo luego; mientras el coche sigue su camino, no tendrá que hacer sino sentarse tranquilamente junto a la cajita, y cuidar de que no le ocurra nada que la pueda dañar. En cuanto llegue, cada día, de nuevo a una posada, la colocará sobre la mesa de una habitación que solamente estará destinada a conservarla; mientras tanto, usted dormirá en otra. Además, cerrará la habitación empleando esta llave que abre y cierra todas las cerraduras y posee la valiosa virtud de que, sin ella, nadie podría abrirla nuevamente».

La miré, con un fuerte sentimiento de extrañeza, mas le prometí hacer todo según sus instrucciones, solamente con la condición de volver a verla cuanto antes; en prueba de lo cual le pedí un beso, sellando de ese modo nuestro acuerdo. Me lo dio de inmediato y, de inmediato, sentí ya que era suyo. Tras pedirme que encargara el tiro de caballos, acordamos la ruta que debía seguir y los lugares en los cuales debía detenerme y esperarla. Y, por fin, me entregó una bolsita rebosante de oro, a lo que entonces respondí yo besándole la mano. Luego, ante la inminente despedida, me pareció que estaba algo afectada, mientras que yo mismo no sabía lo que hacía ni qué debía hacer.

Cuando regresé, tras encargar que engancharan el coche, me encontré con que la puerta de la habitación se encontraba cerrada. Hice el intento de utilizar mi llavecita, y pasó la prueba felizmente según ella había dicho. Abrí la puerta y vi el cuarto totalmente vacío, salvo aquella cajita que yo mismo había puesto encima de la mesa.

El coche estaba listo, de manera que cogí la cajita con cuidado y la puse a mi lado en el asiento. La posadera entonces preguntó: «¿Dónde está la señora?», y un chiquillo contestó: «Se ha marchado a la ciudad». Saludé a aquella gente y arranqué triunfante, dejándolos atrás, donde ayer simplemente me habían visto llegar con mis polainas polvorientas. Pueden comprender bien fácilmente que, al encontrarme solo y a mis anchas, comencé a analizar aquel suceso una vez y otra vez, mientras contaba mi dinero, trazaba algunos planes y, al tiempo, vigilaba la cajita sin perderla de vista ni un momento. Fui viajando derecho de este modo, recorriendo el camino concertado. Tras pasar unas cuantas estaciones sin detenerme en ellas, alcancé una ciudad hermosa y agradable donde ella me había dado cita. Cumplí cuanto ordenó con atención, disponiendo en un cuarto el cofrecillo con un par de velas apagadas a uno y otro lado de la caja, como había pedido. Cerré el cuarto, me fui a mi habitación y me quedé cómodamente en ella, reposando.

Pasé un rato ocupado en recordar la aventura completa, pero el tiempo se me hacía muy largo.

Normalmente, yo no estaba muy hecho a vivir solo, así que, tras sentarme a tomar algo en el comedor de la posada, me marché, al azar, por la ciudad, buscando esparcimiento y compañía. Al actuar de este modo, mi dinero empezó a irse fundiendo a toda prisa, con lo cual, una noche, me encontré con la bolsa vacía cuando estaba entregado, sin ser consciente de ello, a un juego realmente apasionante. Al llegar a mi cuarto, me sentía como fuera de mí, desesperado. Viéndome desprovisto de dinero –aunque bajo el aspecto de un ricacho al que espera una cuenta algo abultada–, y estando inseguro sobre cuándo aparecería nuevamente ante mí la bellísima muchacha, me sentía perplejo, preocupado, redoblando con ello mi ansiedad de volver a encontrarla, pues sin ella –y sin su dinero– no veía de qué modo vivir en adelante.

Tras la cena, que no me supo a nada teniendo que tomarla en solitario, me puse a recorrer mi habitación una y otra vez, mientras hablaba para

mis adentros; me encontraba confuso y, en verdad, desesperado. Me eché al suelo, arrancán-
dome el cabello, como fuera de mí, pero, de
pronto, pude oír un ligero movimiento en el
cuarto contiguo, el que se hallaba clausurado por
mí, y, de inmediato, sentí unos leves golpes en la
puerta. Me rehíce de golpe, empuñé al punto la
llave para abrir y, cuando estaba casi a punto de
hacerlo, vi moverse por sí mismos con fuerza los
batientes y, al brillo de ambas velas encendidas, vi
a la hermosa muchacha, que venía hacia mí... Me
eché a sus pies entonces besándole las manos y el
vestido, y ella me levantó. No me atrevía a abrazarla, y casi sin mirarla confesé de inmediato,
arrepentido, la terrible falta cometida. «Lo que ha
hecho puede perdonarse –replicó–, pero es cosa
que retrasa desgraciadamente nuestra suerte, su
felicidad como la mía. A partir de ahora, habrá de
irse nuevamente, siguiendo otro trayecto, antes de
que volvamos a encontrarnos. Aquí tiene de nuevo
oro bastante siempre que consiga contenerse. Si

hasta ahora se ha metido en líos por el vino y el juego, en adelante cuídese bien del vino y las mujeres. Tras de lo cual espero que tengamos un reencuentro feliz». Cruzó de nuevo el umbral de la puerta, y nuevamente vi cómo los batientes se cerraban. La llamé y supliqué; no hubo respuesta, ni el más leve ruido. A la mañana siguiente, cuando fui a pedir la cuenta, me soltó sonriendo el encargado: «Ya sabemos por qué cierra las puertas con cuidado tan grande, de manera que no hay llave maestra que las pueda luego abrir. Pensábamos que era un ricachón cargado de dinero, pero ahora, bajando la escalera, hemos visto un momento ese tesoro... que en verdad es bien digno de guardarse».

Nada le repliqué, pagué la cuenta, puse la cajita en el asiento, en el coche, y volvimos al camino. Me encontraba dispuesto y decidido a seguir, desde ahora en adelante, todo cuanto mi amiga me pedía. Sin embargo, tan pronto como entré en una ciudad grande y populosa, en seguida trabé conocimiento con algunas bellezas del lugar de las que no podía desprenderme... Parecían querer que me salieran lo más caro posible mis deseos, llevándome de uno en otro gasto mientras que mantenían la distancia; y como yo mismo no pensaba sino en complacer todos su gustos y caprichos, perdí toda debida atención a mi bolsa. Yo pagaba y seguía gastando, en cada una de las diferentes ocasiones... Fueron pasando así varias semanas tras las que comprobé, con extrañeza pero inmenso placer, que el contenido de mi bolsa seguía bien relleno; no había mermado en absoluto, sino que se encontraba igual que antes. Para estar bien seguro de un suceso en verdad tan hermoso y agradable, conté todo el dinero que llevaba y, al ver que el montante coincidía con la suma inicial, seguí viviendo tan feliz como despreocupado, en aquella alegre compañía. No me quise privar en adelante de las más diversas excursiones por el mar y por tierra, amenizadas entre cantos y bailes, y entregado siempre a todo tipo de placeres. No hube de poner gran atención sin embargo para comprobar que la bolsa ahora sí disminuía, como si con mis ansias de contar el valor de lo que poseía la hubiera privado de la extraña condición de ser antes incontable. Pero dado que el curso placentero de mi vida seguía inalterado sin que yo me atreviera a reducirlo, nuevamente me vi en la situación de que no me quedara disponible ni un céntimo más para gastarme. Maldije una vez más mi desventura, culpabilizando a la muchacha por haberme tentado de aquel modo sin volver nuevamente a presentarse, y tras ello, sintiéndome ofendido y, en consecuencia, liberado de todos mis deberes y promesas, me dispuse a abrir el cofrecillo por si en él se guardara alguna cosa que pudiera servirme como ayuda. En efecto, sabía que la caja era poco pesada para estar totalmente rellena de dinero, pero sí era posible que guardara en su interior algunas joyas, que vendrían de perlas para darle solución a mis gastos. Decidido a cumplir de ese modo mi intención, aplacé el realizarla hasta la noche, cuando todo estuviera más tranquilo, y me apresuré a ir a un banquete al que estaba invitado. Aquella fiesta comenzó sin que nada nos faltara; todo era excelente, corría el vino y el alegre sonido de trompetas no dejaba un momento de sonar cuando me vi metido en un aprieto tan incómodo como inconveniente. En la mesa vecina de la mía apareció de modo inesperado, regresando de un viaje, un viejo amigo de la belleza que me acompañaba, se sentó junto a ella y de inmediato se dispuso, de modo impertinente, a ejercer sus derechos sobre ella. La cosa derivó a toda prisa del insulto y la irritación a la abierta pelea entre nosotros y, tras desenvainar, me vi de pronto malherido...; así que, finalmente, me llevaron a casa medio muerto.

Tras vendarme y marcharse el cirujano, ya era noche cerrada. El vigilante que habían dejado a mi cuidado se durmió. Oí entonces abrirse de repente la puerta que lindaba con el cuarto vecino y vi que entraba mi amiga secreta, que, acercándose, vino a sentarse al lado de mi cama. Me preguntó que cómo me encontraba, pero no contesté; estaba cansado y bastante amargado. Pero ella, hablándome y mostrando en sus palabras un notable interés, me fue frotando las sienes con un bálsamo que tuvo casi al punto el efecto de dejarme —o de hacerme sentir— fortalecido, tanto que comencé a enfurecerme y llenarla de insultos y reproches. En mi airado discurso, vertí en ella la culpa de mi daño y mi desgracia, por la ardiente pasión que me inducían sus repetidas desapariciones y reapariciones repentinas, así como el forzoso aburrimiento y las ansias de verla nuevamente. Así, cada vez más enfebrecido, le juré que si ahora no aceptaba entregarse y ser mía por completo, uniéndose conmigo enteramente, no quería vivir. Y, dicho esto, le exigí que me diera una respuesta, una definitiva. Al ver que ella, vacilando, trataba de calmarme para seguir con sus explicaciones, fuera de mí, arranqué de mis heridas las vendas en que estaba todo envuelto con la firme intención de desangrarme. Pero cuál no sería mi sorpresa cuando vi que mi cuerpo se encontraba curado por completo, mientras ella, deslumbrante, caía entre mis brazos...

Nos habíamos vuelto, de repente, la más feliz pareja que pudiera existir en el mundo. Nos pedimos mutuamente perdón, sin que supiéramos realmente por qué...; ella me hizo la promesa formal de, en adelante, seguir viaje a mi lado y, en seguida, estábamos montados en el coche con la cajita puesta ante nosotros, como si fuera un tercer viajero. Nada tuve al respecto que oponer; no hice ni un comentario pese a verla allí puesta, a nuestra vista, y, como en un tácito acuerdo, los dos nos preocupábamos por ella según las diferentes ocasiones. Y, además, era yo quien se ocupaba de sacarla o meterla en nuestro coche además de cerrar siempre las puertas, como ya lo había hecho anteriormente.

Mientras hubo dinero en nuestra bolsa siempre pagaba yo, hasta el momento en que estuvo agotada. Se lo dije, y ella me respondió: «Es cosa fácil de solucionar», mientras mostraba otras pocas bolsitas que llevaba al costado del coche. Ciertamente ya las había visto, pero nunca antes me pregunté qué contenían. Ella cogió una entonces, extrayendo unas piezas de oro; cogió otra y sacó unas de plata... De ese modo me venía a indicar que cualquier cosa que nos apeteciera era posible realizarla sin más, a nuestro antojo. Así fuimos viajando, recorriendo numerosas ciudades y países. Nos llevábamos bien entre nosotros y también con la gente que encontrábamos, de manera que ni se me ocurría que pudiera de nuevo abandonarme, mucho menos aún desde el momento en que noté que estaba embarazada, lo que vino a aumentar visiblemente el recíproco amor y entendimiento. Pero una mañana, de repente, vi que ella no estaba junto a mí. Quedarme simplemente donde estaba me parecía muy desagradable, por lo cual, recogiendo la cajita, fui a ponerme en camino nuevamente —aunque no sin probar que las bolsitas seguían, como siempre, funcionando[3]–.

Continué así mi viaje felizmente; y, aunque hasta ese momento nada había que me preocupase en mi aventura, pues seguía esperando en adelante el desarrollo simple y natural de mis sorprendentes circunstancias, se presentó de pronto otro suceso que me dejó en verdad muy asombrado, preocupado e, incluso, temeroso. Como me encontraba acostumbrado, al marcharme de un sitio, a ir avanzando día y noche en mi bello carruaje, cuando se extinguían sus faroles me quedaba sumido, muchas veces, en la más completa oscuridad. Así pues, una noche en la que el sueño me había vencido, al despertarme percibí, en la capota de mi coche, como el tenue reflejo de una luz. Observando mejor su procedencia vi que la emitía la cajita, que debía de tener una fisura, como si se la hubiera producido aquel clima más cálido y más seco del verano que entonces comenzaba. Con ello regresó mi pensamiento de que el cofrecillo contuviera muy probablemente algunas joyas, un diamante quizás, y, tras pensarlo, decidí comprobar si mi sospecha se encontraba o no justificada. Me moví como pude hacia delante y hacia arriba, aplicando de ese modo mi vista estrechamente a la hendidura, y ¡qué inmensa sorpresa! Allí dentro había una habitación; una espléndidamente iluminada, amueblada con gusto, hasta lujosa, como si por la grieta de una bóveda estuviera viendo, de repente, un salón principesco. Ciertamente no podía observar más que una parte del espacio, pero me bastaba para suponer lo que quedaba más allá de mi alcance. Advertí luego una chimenea que brillaba con la leña encendida y, frente a ella, una hermosa butaca. Tomé aliento y seguí observando atentamente. De repente, vi que se acercaba desde el otro lado de la sala una diminuta muchachita que llevaba un libro entre las manos... y ¡reconocí a mi mujer!, aunque con la figura reducida a las más pequeñas dimensiones. De inmediato, vi que se sentaba a leer frente a la chimenea, pero antes, mientras removía un poquito los leños y las brasas con sus delicadas tenacillas, pude comprobar con claridad que aquella querida criatura se encontraba sin duda embarazada. Quise cambiar un poco de postura y ponerme más cómodo, y entonces, cuando volví a mirar hacia la caja con la intención de comprobar si no estaba soñando, vi de pronto que la luz se encontraba ya apagada y no había otra cosa que tinieblas[4].

Creo que es cosa fácil de entender el que me encontrara sorprendido, e incluso asustado por aquello. Todo el tiempo volvía, en pensamiento, a mi descubrimiento extraordinario, pero de nuevo me quedé dormido y, cuando volví a despertarme, en verdad que creí que se trataba simplemente de un sueño; sin embargo, me sentía de pronto como ajeno a mi bella mujer, y al coger luego con el mayor cuidado la cajita, no sabía en realidad si deseaba encontrarla de nuevo, recobrando su dimensión humana, o si, al contrario, eso me producía algún temor.

Pero, algo después, vi realmente aparecer en mi habitación de nuevo a la bellísima muchacha, que ahora vestía un traje blanco, y, como ya estaba oscureciendo, me pareció un poco más esbelta y alta de lo habitual. Entonces recordé haber oído que todos esos seres que componen la estirpe de las ninfas y los gnomos por la noche aumentan de tamaño... Ella corrió hacia mí y se echó en mis brazos, como solía hacer, pero el secreto que oprimía mi pecho reducía la alegría y franqueza de mi abrazo.

«Querido –dijo entonces–, por el modo de tu recibimiento, ya he notado desgraciadamente lo que sabes. Me has visto como soy mientras pasaba este tiempo de espera, has descubierto el estado al que debo retornar en algunos períodos. Tu suerte y la mía tendrán que interrumpirse, y hasta puede que se hallen casi a punto de verse para siempre aniquiladas. De momento tendré que abandonarte, y no sé si podré verte de nuevo». Su presencia, además del atractivo y la dulzura con los que me hablaba, borró casi el recuerdo de la imagen que yo había sin duda contemplado, que ahora se me hacía cual si fuera sólo un sueño. Abrazándola de nuevo con amor y firmeza, le di muestras de la pasión más arrebatada, haciéndole patente mi inocencia y el modo totalmente casual en que el descubrimiento se produjo. Dije todo con tanta convicción que me pareció que se calmaba y que, incluso, trataba de calmarme.

«Examina –me dijo– en tu interior si este descubrimiento no ha dañado realmente tu amor, y si sería posible que olvidaras que me encuentro junto a ti en dos figuras diferentes, de distinto tamaño; y si la forma reducida que ves, que corresponde a mi esencia, no habrá aminorado en la misma medida tu deseo».

La miré y vi que estaba más hermosa de lo que antes jamás la había visto, y pensé para mí: '¿Por qué tendría que ser en realidad una desgracia tener una mujer que algunas veces se reduce a una enana diminuta que debes transportar en una caja? ¿No sería peor una mujer que, de pronto, al hacerse gigantesca, encerrara en la caja a su marido?'. Había recobrado plenamente mi alegría interior; era preciso no dejarla marchar[5].

«¡Querida mía —le dije—, corazón, deja que todo quede tal como ha sido entre nosotros! ¡Si es que no puede haber nada que sea realmente más extraordinario...! Hazlo todo a tu modo y conveniencia, que yo por mi parte te prometo trasportar con cuidado la cajita... ¿Cómo hubiera podido producirme una mala impresión lo que allí había, si me parece que es lo más hermoso que en mi vida haya visto? ¡Qué felices serían los que gustan y se afanan por las más delicadas miniaturas poseyendo una cosa tan hermosa! Al final, una imagen como ésa viene a ser como un juego de manos. Veo que me estás poniendo a prueba, bromeando conmigo...; me lo tomo, como ves, con total tranquilidad...».

«La cosa en realidad es mucho más seria de lo que piensas –dijo–; en cualquier caso, que lo tomes con tanta ligereza ciertamente me llena de contento, dado que, en ese caso, todavía todo puede seguir del mejor modo para los dos. Querido, en ti confío; por mi parte, haré todo lo posible...; pero, antes, debes prometerme que no me reprocharás nunca lo que has visto, lo que has descubierto sobre mí. Otra cosa además he de pedirte encarecidamente: ten cuidado, más que nunca, con esas situaciones que provocan la cólera y el vino...

Le prometí lo que deseaba, y lo hubiera seguido prometiendo sin cesar, pero ella cambió entonces el objeto de la conversación; todo iba de nuevo sobre ruedas como si nada hubiera sucedido. No había además razón alguna para abandonar aquel lugar al que ahora habíamos llegado. La ciudad era grande y populosa, la sociedad diversa y animada, e incluso la época del año era la ideal para pasarla en celebraciones y festejos en sus hermosos campos y jardines.

Entre todas esas diversiones, mi mujer era muy solicitada, celebrada por todos igualmente, por los hombres y por las mujeres. Lo atractivo de su comportamiento, unido a una cierta distinción, la hacían ser querida y admirada. Además tocaba su laúd y cantaba con tan dulce armonía que en cada reunión y en cada fiesta su hermoso talento musical se convirtió en momento culminante.

Sin embargo, he de confesar que la música nunca me sedujo, ejerciendo más bien sobre mi ánimo un efecto incómodo e inquietante, de modo que mi bella compañera, que lo notó en seguida, no buscaba, cuando estábamos solos los dos juntos, entretenerme nunca de esa forma, mientras, de lo contrario, parecía desquitarse al estar en sociedad, donde siempre se hallaba rodeada de una multitud de admiradores.

Además de lo cual, por qué negarlo, y pese a mis más sinceras intenciones, nuestra anterior conversación sobre la cuestión de su secreto no había resultado suficiente para borrar del todo mis recelos; e incluso, aunque no fuera consciente, de una forma bastante peculiar mi sensibilidad se había alterado. Finalmente, en una de esas noches de reunión de la buena sociedad, ese reprimido descontento de mi humor estalló públicamente, con las posteriores y nocivas consecuencias que iba a acarrearme.

Cuando lo pienso ahora, me parece que, a partir de aquel descubrimiento, comencé a quererla mucho menos y a sentir celos de ella sin embargo, lo que antes ni aun se me ocurría. Una noche, sentados a distancia –a uno y otro lado de la mesa–, empecé a sentirme muy a gusto con mis dos vecinitas, dos muchachas que desde hace algún tiempo se me hacían verdaderamente encantadoras. Así, entre bromas y galanterías, fuimos bebiendo vino en abundancia, mientras, del otro lado, un par de tipos muy aficionados a la música que se habían hecho con mi dama animaban a la compañía con canciones y coros. Todo aquello me empezó a poner de mal humor; la actitud de aquellos diletantes comenzó a resultarme impertinente, las canciones me iban irritando y, cuando empezaron a pedirme que cantara yo solo alguna estrofa, estallé, vacié de un trago el vaso y lo arrojé de golpe frente a mí.

La dulzura de mis dos compañeras pronto me hizo sentir más aplacado, pero cuando la cólera despierta suele ser muy difícil de calmar. Crecía la ira en mí secretamente, a pesar de que todo me debiera incitar en realidad a la alegría y a mostrarme agradable y tolerante, encendiéndome aún más cuando trajeron un laúd para que mi bella esposa fuera acompañando aquellos cantos, admirando a todos al hacerlo. Y, además, para colmo de infortunio, se había impuesto un silencio general que me impidió seguir hablando, con lo que las notas comenzaron a crisparme los dientes... ¿Qué hay de extraño en que al fin una chispa diminuta encendiera de pronto el explosivo?

Nada más terminar su canción con el mayor aplauso, la mirada de mi dama, sin duda rebosando de amor y ternura, se volvió finalmente hacia mí, mas sin efecto. Su mirada ahora nada me decía. Vaciando mi copa de inmediato, me serví aún otra más, mientras que ella me seguía mirando, levantando luego un dedo, con gesto de advertencia pero lleno de encanto, y al fin dijo: «Cuidadito, que es vino», en voz muy baja para que sólo yo pudiese oírla. «El agua es cosa de ninfas», repliqué. «Señoras –dijo entonces a las damas que se hallaban en mi compañía–, colmen la copa con todos sus encantos, para que de ese modo no se encuentre tantas veces vacía...»; pero, entonces, una de ellas me dijo, susurrando: «¿Cómo se deja usted mangonear con ese estilo tan autoritario...?». «¿Qué pretende la enana?», grité entonces, gesticulando tan violentamente que el vaso se volcó sobre la mesa. «¡Se ha vertido ahí bastante más que vino!» –exclamó la preciosa criatura, y rasgueó las cuerdas del laúd como para atraer, con ese gesto, la atención hacia sí, disimulando lo desagradable del suceso. Y lo consiguió efectivamente, más aún cuando optó por levantarse para seguir tocando, con dulzura, pero también con más comodidad.

Por mi parte, al ver correr el vino y teñir el mantel de un rojo oscuro, volví en mí y vi lo grave de la falta que había cometido. Algo se había realmente quebrado en mi interior. Pero entonces sentí, por vez primera, que aquella música me hablaba. La primera estrofa de su canto fue como una amistosa despedida dedicada a toda aquella gente aún reunida allí, mas la siguiente pareció disolver el grupo entero, haciéndole sentir a cada uno aislado respecto de los otros, separado hasta el punto de que nadie se sintiera presente... Pero, luego, ¿qué diré sobre aquella última estrofa? Comprendí que me estaba dedicada sólo a mí, con su voz de amor doliente, que se despedía de ese modo de mi malignidad y mi soberbia[6].

La acompañé en silencio a nuestra casa, sin esperar ya de ella nada bueno, pero, estando ya solos en el cuarto, se me mostró tan dulce y cariñosa, e incluso tan pícara y traviesa, que me hizo sentir como si fuera el más afortunado de los hombres; así que al día siguiente, por la mañana, le dije, plenamente consolado y colmado de amor: «¡Querida mía, te has visto obligada tantas veces a cantar para nuestros amigos, como ayer por la noche aquella hermosa y tan tierna canción de despedida...! ¡Cántame otra ahora mismo, te lo ruego, pero una que sirva de saludo para esta mañana extraordinaria! ¡Canta una canción de bienvenida!, una que nos salude en nuestro encuentro como si fuera la primera vez...».

«Eso ya no es posible, amigo mío –me contestó, muy seria–, porque el canto de ayer noche estaba referido a una separación que, entre nosotros, ha de ser inmediata e inevitable. Sólo puedo decirte que la falta contra tu juramento y tus promesas va a tener las peores consecuencias para nosotros dos; pues tú has dañado gravemente tu suerte y tu fortuna, y yo he de renunciar a mis deseos más queridos».

Seguía yo insistiendo para que me explicara con detalle qué quería decir..., y, al fin, me dijo: «Por desgracia, explicarlo es bien sencillo, pues mi estancia contigo ha terminado. Y, ahora, escucha –aunque hubiera preferido mantenerte ignorante para siempre de lo que te voy a revelar–. La figura que viste en la cajita corresponde a mi forma natural, pues yo soy de la estirpe del rey Eckwald, el glorioso señor de los enanos del que informa la historia verdadera. Nuestro pueblo aún es hoy, cual siempre ha sido, laborioso y tenaz, y, en consecuencia, fácil de gobernar, pero no creas que sea un pueblo atrasado en sus trabajos e invenciones. Antaño sus espadas –que, cuando las lanzaban, iban solas persiguiendo con saña al enemigo– fueron muy celebradas; junto a ellas, inventaron un tipo de cadenas invisibles que te inmovilizaban antes de que pudieras percibirlas, y forjaron también unos escudos de una densidad impenetrable. Ahora, en cambio, se ocupan sobre todo con objetos y cosas referentes al confort y la decoración, superando en dichas producciones a los distintos pueblos de la tierra[7]. Te habrías de quedar maravillado si pudieras venir a visitar nuestros almacenes y talleres. Pero, en fin, todo iría como debe si no fuese porque en toda la nación, y sobre todo en la real familia, no se nos diera cierta circunstancia...».

Como dejó de hablar por un momento, la animé a informarme con detalle sobre un secreto tan extraordinario, accediendo a lo cual continuó: «Es sin duda cosa bien sabida que, cuando Dios ya había creado el mundo, cuando la tierra se encontraba seca y eran aún gigantescas las montañas, creó, antes que nada, a los enanos, para que hubiera seres racionales que pudieran ver las maravillas que en abismos y simas incontables hay en las entrañas de la tierra, todas tan admirables y soberbias como dignas de veneración. Como es igualmente conocido que esa nueva especie diminuta, viéndose elevada de este modo, consideró en seguida que era digna de ejercer el dominio sobre el mundo. Dios entonces creó a los dragones, para forzar con ello a los enanos a buscar su refugio resguardados en el interior de las montañas. Mas los fieros dragones en seguida empezaron a entrar y hacer sus nidos en las grandes fallas y cavernas y a habitar dentro de ellas, exhalando muchos de ellos grandes llamaradas a través de sus fauces, y causando fieras destrucciones y desgracias. Todo ello causaba a los enanos sufrimientos y penas incontables. No disponiendo ya de otro recurso, se volvieron a Dios humildemente, suplicando y pidiendo en sus plegarias que borrara del mundo a aquella peste y que todo siguiera como antes. Mas el Señor, en su sabiduría, como no deseaba el exterminio de las que eran al fin sus criaturas, pero por otra parte se apiadaba en su corazón de los dolores de los pobres enanos, de inmediato procedió a crear a los gigantes, para que combatieran fieramente a los fieros dragones y pudieran reducirlos, mas no aniquilarlos.

Cuando los gigantes consiguieron casi terminar con los dragones, se les acrecentó también a ellos la pretenciosidad y la soberbia, cometiendo por ello desde entonces grandes maldades contra los enanos, que, en sus dolores y dificultades, se volvieron de nuevo hacia el Señor. Y él entonces, en su omnipotencia, de inmediato creó a los caballeros, destinados a que combatieran por igual a dragones y gigantes y a vivir en pacífica armonía con el pueblo de los enanitos. En lo que hace a este aspecto, la creación se vio al fin completada y concluida; desde entonces, dragones y gigantes por un lado, y del otro los enanos y los recién creados caballeros, mantuvieron su colaboración. Con lo cual puedes ver, querido amigo, que nosotros somos la primera estirpe que ha existido en este mundo, lo que es muy honorable, pero, al tiempo, acarrea abundantes perjuicios[8].

Pues como sin duda en este mundo nada puede existir eternamente manteniéndose igual, cuanto fue grande una vez debe ser luego pequeño, yendo en disminución; por dicha causa, también nosotros mismos nos hallamos en esa situación. Desde el momento inicial en el cual se creó el mundo, encogemos, haciéndonos pequeños, más y más cada vez, especialmente los miembros de la real familia, que, por la pureza de su sangre, se encuentra especialmente sometida a ese mismo destino. En consecuencia, nuestros sabios ya hace muchos años que idearon una alternativa: enviar a la tierra una princesa de la casa real, de tiempo en tiempo, para que allí se enlace con alguno de los más honorables caballeros, renovando con ello nuestra sangre para que la estirpe diminuta evite una completa decadencia».

Mientras ella decía estas palabras llenas de real convencimiento yo la iba mirando pensativo, por saber si se estaba divirtiendo a mi costa, tratando de enredarme. Sobre lo distinguido de su estirpe no abrigaba yo ya ninguna duda; pero que a mí mismo me tomara por un distinguido caballero alimentaba en cambio por mi parte una decidida desconfianza. Me conocía ya más que de sobra como para creer que mis ancestros fueran creados por Dios directamente. Escondí sin embargo mis sospechas y mi asombro sobre lo que decía y le pregunté, muy amistoso: «Pero dime, querida, ¿cómo accedes a esta figura tan proporcionada y que tiene además tan buen tamaño? Entre las mujeres que conozco, en verdad no vi muchas que pudieran compararse contigo en ese aspecto».

«He de hacerte saber –contestó ella– que el consejo de sabios ha dispuesto, desde tiempos ya casi inmemoriales, retrasar, mientras esto sea posible, el recurso a este paso extraordinario, cosa que me parece natural y fácil de entender. Sin duda habrían dudado todavía largo tiempo en enviar así una princesa al mundo superior si no se hubiera producido un hecho desgraciado. Después de nacer yo, mi madre tuvo un segundo hijo tan pequeño que un día lo perdieron las niñeras aún estando en pañales y, tras ello, ya no hubo manera de encontrarlo. Como en nuestras Crónicas reales no se encuentra otro caso como éste –ciertamente tan inesperado–, el consejo de sabios adoptó la urgente decisión de enviarme al mundo, a buscar libremente alternativas».

«¡Decisión! –exclamé–, pues estupendo. Uno puede sin duda decidirse y encontrarse resuelto a alguna cosa, pero conferirle a una enanita la figura y belleza de una diosa, ¿cómo estaba en las manos de tus sabios?».

«Ya lo habían previsto, en su momento, nuestros antepasados –me repuso–. En el real tesoro se conserva un anillo de oro gigantesco –pues, en efecto, tal me pareció cuando me lo enseñaron, siendo niña, pero es este que llevo en este dedo–. Pero, una vez puestos a la obra, me instruyeron en todos sus detalles del destino que ahora me esperaba, enseñándome todo cuanto había que hacer o evitar en adelante.

Construyeron entonces un palacio muy hermoso y soberbio, edificado siguiendo estrictamente en su modelo el más bello palacio de verano que mis padres poseen, con un cuerpo de edificio central que acompañaban además sendas alas laterales. Una enorme roca perforada le servía de entrada, enriquecida por la decoración más elegante. Hecho esto, en el día señalado se trasladó la corte hasta el palacio, para acompañar solemnemente a mis padres, y a mí, que iba con ellos. El ejército hizo su desfile y, después, veinticuatro sacerdotes transportaron, encima de un armón, no sin dificultad, el gran anillo maravilloso, para colocarlo en el mismo umbral del edificio, de manera que era inevitable que, el que entrara, pasara por encima. Se realizaron muchas ceremonias y, tras una emotiva despedida, me dispuse por fin a hacer mi parte. Rebasando el umbral, puse la mano apoyada encima del anillo y vi que, de inmediato, iba creciendo. De ese modo alcancé, en unos instantes, mi tamaño actual, y, finalmente, introduje mi dedo en el anillo. De pronto se cerraron las ventanas, las puertas y el portón, mientras las alas laterales se iban retirando del cuerpo principal del edificio, con lo cual, en lugar de aquel palacio, encontré a mi lado una cajita, la levanté y me la llevé conmigo. Todo con la muy grata sensación de haber crecido tanto y ser tan fuerte; por supuesto, seguía siendo enana comparada con árboles y montes, con torrentes y grandes extensiones del terreno, pero era una giganta comparada con la hierba o las hormigas –pienso en éstas por cuanto, muchas veces, no están en las mejores relaciones con mi pueblo, causándonos incluso graves daños y guerras incesantes–. De qué modo siguió luego mi viaje, yendo de un sitio a otro hasta encontrarte, sería ahora muy largo de contar. Baste quizás saber que probé a muchos antes de hallarte a ti, pero ninguno sino tú me pareció ser digno de renovar y prolongar la estirpe del magnífico Eckwald».

Mientras ella me iba relatando aquella historia, sentía darme vueltas la cabeza aunque no la moviera en absoluto. Le hice varias preguntas; sus respuestas no tuvieron nada reseñable, pero más me inquietó que me dijera que, tras lo que había sucedido, debía regresar junto a sus padres. Esperaba además volver conmigo, pero ahora le era inevitable presentarse ante ellos nuevamente, porque, si no lo hiciera, mi fortuna y la suya estarían condenadas a perderse del todo. Junto a ello, además me anunció que las bolsitas pronto quedarían agotadas, con las desagradables consecuencias derivadas de esa situación.

Al oír que el dinero se acababa, nada más pregunté, ningún detalle de lo que vendría a sucederme. Me callé, me encogí de hombros y ella pareció que lo entendía.

Tras hacer de inmediato el equipaje, volvimos a sentarnos en el coche, con la cajita allí, frente a nosotros, una que, pese a todo su relato, no podía tomarme seriamente como si se tratara de un palacio. Continuamos así varias jornadas. El dinero bastante para el gasto del viaje y las propinas aún pudimos sacarlo sin problemas de las bolsas, incluso con largueza. Finalmente llegamos a un paraje montañoso y, según nos bajábamos del coche, mi dama comenzó a ir por delante y me ordenó seguirla, transportando con cuidado en la mano la cajita. Me fue guiando así por un sendero con bastante pendiente; al fin, llegamos a una estrecha pradera, dividida por el límpido curso de una fuente cuya corriente se precipitaba unas veces, saltando entre las hierbas, mientras otras seguía más tranquila, trazando lentos giros. Ella entonces me llevó hasta un otero que se alzaba en aquella llanura; mandó luego que dejara en el suelo la cajita y me dijo: «¡Adiós, querido mío! Hallarás el camino de regreso fácilmente. Y recuérdame, que espero volverte a ver quizá...».

En ese instante en verdad me sentí como si nunca pudiera abandonarla. Realmente se encontraba radiante, como en uno de sus días mejores, en la hora más propicia y más hermosa... Estando solo con un ser como aquél, tan adorable, entre las verdes hierbas y las flores y en mitad de un espacio recogido por la pared rocosa, junto al curso cristalino del agua, ¿quién habría mantenido impasibles los latidos de su pecho?... Intenté coger su mano y abrazarla, mas ella, con un gesto de rechazo que incluía una amenaza –aunque siempre colmada de dulzura–, me avisó del peligro que corría si no me iba de allí.

«¿No hay ningún modo –exclamé– de seguir aún a tu lado, de que puedas tenerme todavía siendo tuyo?». Le dije estas palabras con tono y ademán tan lastimeros y quejosos que ella, conmovida, tras pensárselo un poco, me repuso explicando que había aún una forma de continuar con nuestra unión... ¡Qué feliz me sentí oyendo esto! Mi insistencia y apremio se volvieron aún mucho más vivos. Finalmente, como yo la forzara con mis ruegos a seguir, me explicó que sólo en caso de que me decidiera libremente a encoger y volverme diminuto –tal como la había contemplado cuando estaba en la caja–, sí sería posible mantenerme junto a ella, entrando a formar parte de su casa, su familia y su reino. La propuesta no me gustó del todo; sin embargo, no me era posible separarme de ella en ese momento. Acostumbrado desde hacía ya tiempo a cuanto fuera algo maravilloso o extraordinario, y estando igualmente bien dispuesto a las resoluciones repentinas, me decidí y le dije que podía hacer conmigo lo que deseara.

Ella entonces pidió que levantara el índice de mi mano derecha, apoyó el suyo en él y fue sacando con la izquierda el anillo de su dedo, haciéndolo correr en torno al mío. Nada más comenzar la operación sentí un dolor terrible, al ir ciñendo el anillo mi dedo. Di un gran grito y, abriendo mis brazos de manera refleja e involuntaria en el intento de atrapar a mi dama, vi de pronto que se había esfumado. ¿Dónde estaba? Explicar realmente lo que entonces sentía no es posible que lo haga, no sabría decir...; sólo recuerdo que de pronto me vi junto a mi dama convertido en un hombre diminuto, y en el medio del bosque que formaban los tallos de unas hierbas gigantescas. La inmensa alegría del encuentro, a pesar de lo breve que había sido nuestra separación tan sorprendente —o, si lo preferís, nuestro reencuentro sin habernos realmente separado—, superaba ahora todo lo pensable. Enlacé, en mi emoción, su hermoso cuello, correspondiendo ella a mis caricias amorosas, colmada de ternura, con lo cual la pareja diminuta se sintió tan feliz como la grande.

No sin emplear bastante esfuerzo conseguimos subir por la colina, pues la hierba se había convertido ahora casi en un bosque impenetrable. Finalmente, llegados a un espacio descubierto, mi asombro fue infinito cuando vi ante nosotros una masa maciza y regular, reconociendo poco después en ella la cajita donde la había dejado poco antes. «Ven, acércate a ella, amigo mío, dale un golpe suave utilizando para ello el anillo y verás cosas mucho más sorprendentes todavía». Así dijo mi amada. Di unos pasos para llegarme a ella y,

golpeando levemente la caja, vi de pronto produ-
cirse el mayor de los milagros. Vi surgir de los
lados de la caja, por sí mismas, dos alas laterales,
mientras iban cayendo pedacitos de pequeñas
escamas y virutas que se transformaron a mi
vista, convirtiéndose en puertas, en ventanas y en
las columnatas del palacio más perfecto que
pueda imaginarse.

El que haya podido contemplar uno de esos
curiosos escritorios Röntgen[9], en los cuales, de
repente, se disparan bisagras y resortes, desple-
gando la tabla del pupitre y el tintero, y gavetas y
cajones que contienen papel para las cartas y el
dinero y cosas semejantes –unas veces al tiempo y
otras veces de manera ordenada, unos tras otros–,
podrá hacerse una idea aproximada de cómo
aquel palacio fue quedando desplegado ante mí,
por cuya puerta me hizo entrar mi tan dulce
acompañante. Llegados a la sala principal reconocí en seguida aquella misma chimenea que
antes observara desde arriba –a través de la ren-

dija de la caja–, y, ante ella, la butaca donde la vi sentarse. Volví luego mi mirada hacia arriba y me pareció haber visto, en la cúpula, algún resto de esa misma fisura que me había permitido atisbar el interior. Les ahorraré, en todo caso, la continuación de todas estas en exceso prolijas descripciones. Baste saber que todo era espacioso, rico y lleno de gusto. Todavía no había salido de mi asombro cuando percibí, en la lejanía, los sones de una marcha militar. Mi bella mitad pegó, de pronto, un excitado salto de alegría y me anunció, feliz y sonriente, la inminente llegada de su padre. Salimos al portón y, al poco tiempo, vimos cómo, a lo lejos, se movía, surgiendo de una especie de garganta abierta entre las rocas, un cortejo deslumbrante. Soldados y sirvientes, los oficiales de la real casa y, después, todo el brillo de la corte formaban el espléndido desfile; y, tras él, al final, un denso grupo de dorados y ricos personajes con el rey situado en medio de ellos. Cuando la comitiva se detuvo, desplegada delante del palacio, entró el rey junto con los cortesanos de su círculo íntimo. Su hija, tan encantadora como siempre, llevándome cogido de la mano, fue corriendo hacia él, para lanzarnos –una y otro– a sus pies. El soberano, amistoso y magnánimo, me hizo levantarme, y estando de ese modo ya plantado ante él, vi que de todos cuantos formaban tan pequeño mundo era yo el mayor en estatura. Fuimos entrando juntos al palacio, y allí el rey, en presencia de la corte, me dio un digno y retórico discurso en el que mostraba su sorpresa de encontrarnos allí a los dos juntos; luego, dándome el título de yerno, anunció la solemne ceremonia del enlace, que iba a celebrarse de inmediato; es decir, al día siguiente.

Nada más escuchar la referencia a la celebración de un matrimonio me estremecí de miedo; era algo que me aterrorizaba desde siempre, más incluso que la música, que era, después de él, lo que yo más detestaba de las cosas del mundo. Yo solía razonar al respecto que los músicos participan al menos de la sana convicción de acordar unos con otros en feliz armonía, de manera que por más que nos hayan aturdido y desgarrado casi los oídos con sus insoportables disonancias, creen sin embargo firmemente y de modo sincero que la cosa ha resultado bien ejecutada, y que los instrumentos se adecúan mutuamente los unos con los otros. El director de orquesta participa a su vez del delirio general, procediendo, de forma imperturbable, a seguir reventando cruelmente nuestros pobres oídos. Al contrario, en lo que respecta al matrimonio, el caso suele ser muy diferente; pues, por más que se trate de un *duetto*, con lo cual bien podría suponerse que, al ser sólo dos voces las que suenan, como dos instrumentos musicales, si están bien afinados, de algún modo finalmente podrían concordar, esto no ocurre nunca, o raramente. Si el marido da un tono, la mujer emite de inmediato otro más alto y otro más alto aún luego el marido; así pasa la cosa de un sonido camerístico al de un enorme coro, procediéndose así, siempre en aumento, hasta que ni siquiera el gran conjunto de instrumentos de viento los podrían realmente seguir. Si no tolero ni la más armoniosa de las músicas, no es extraño en verdad que no soporte una desarmonía semejante...[10].

En lo que respecta a los festejos que se sucedieron aquel día, nada puedo contar. No hice ni caso. Lo excelente del vino y del banquete no tenían sabor. Yo me dolía de mí mismo, rumiando todo el tiempo qué podía o no hacer, mas no encontraba mucho más que pensar. En consecuencia, decidí escaparme por la noche, alejarme de allí a toda prisa y correr a esconderme en algún sitio. Me di pues a la huida[11] y, por fortuna, en seguida encontré una hendidura, como un paso estrecho entre las rocas; me introduje de golpe dentro de ella, era un buen escondrijo. Pensé entonces en librarme de aquel maldito anillo que llevaba en el dedo, comprobando que, en cuanto trataba de sacarlo, el aro se volvía más ceñido produciéndome un daño muy intenso que sólo remitía en el momento en que renunciaba a mi intención.

De mañana temprano, desperté –que en verdad había dormido de manera excelente mi pobre personita–, y empezaba a otear todo el contorno cuando, de repente, comenzó a llover sobre mí; sí, pero luego pude ver que aquello que llovía eran sólo fragmentos diminutos –como si fuera arena o carbonilla– de hierbas machacadas y hojarasca...; luego, para mi horror, vi cómo todo cuanto me rodeaba parecía estar vivo: un ejército de hormigas se lanzó sobre mí; apenas verlas supe que ya me habían atrapado y, aunque me defendí valientemente, en seguida me hallé todo cubierto por aquellos insectos que picaban y mordían mi cuerpo diminuto. Oí entonces, sin duda con alivio, que me intimaban a que me rindiera, y lo hice. Tras ello vi una hormiga de mayor estatura que, viniendo hacia mí, con abierta cortesía y hasta en cierta medida con respeto, de inmediato se puso a mi servicio. Finalmente entendí que las hormigas actualmente tenían alianza con mi futuro suegro, y que era éste quien había pedido me buscaran y me devolvieran a su corte. Con lo cual comprendí mi situación: no era sino un pequeño prisionero atrapado por otros más pequeños todavía que yo... Estaba forzado a marchar decidido al matrimonio, y a dar gracias a Dios porque mi suegro no estuviera irritado y no se hubiese ofendido mi bella mujercita...

Me permitirán que les ahorre los detalles de la ceremonia; finalmente, estábamos casados. Y, en efecto, por más que todo fuera discurriendo de modo placentero entre nosotros dos, había horas en las que, al encontrarme solitario, me enredaba de nuevo en pensamientos más oscuros, hasta que, finalmente, sucedió lo que voy ahora a decir...

En efecto, allí todo se encontraba a la medida de mi actual figura; todo atendía absolutamente a mis necesidades. Las botellas y los vasos estaban diseñados en proporción a un pequeño bebedor, y aun, si se quiere, mejor hechos, más a la medida que los nuestros. Los mejores bocados le sabían deliciosamente a lo que era ahora mi pequeño paladar, y un beso de la boca de mi esposa se me hacía una cosa encantadora, realmente excitante. No lo niego. Hasta lo nuevo de la situación se me hacía gustoso y agradable... Pero, por desgracia, no podía olvidar mi estado precedente y sentía vivir en mi interior la medida anterior de mi tamaño, cosa que me hacía desgraciado, siempre inquieto, infeliz... Comprendí entonces, por primera vez, qué significa eso de lo que hablan los filósofos bajo el bello concepto de ideales, y por qué los hombres, tantas veces, se atormentan y duelen por su causa. Yo poseía, en mí, un ideal de mí mismo y, a veces, me veía, en mis sueños, como un gigante enorme. En fin, que mi mujer, aquel anillo, mi figura de enano y tantos otros lazos que me tenían atrapado me hacían infeliz hasta tal punto que comencé a pensar más seriamente en cómo lograría liberarme.

Por lo demás, estaba convencido de que toda la magia residía, concentrada y oculta, en el anillo, y me decidí a irlo limando. Tras hurtarle al joyero de la corte unas limas, me puse a la tarea –lo que me hizo más fácil el ser zurdo; nunca pude en mi vida hacer las cosas como es lo normal, con la derecha...–. Pero el esfuerzo no era pequeño, pues el dorado arito, aun pareciendo muy delgado, se había hecho más grueso en comparación a lo que era antes de reducirse de tamaño. Todas mis horas libres me ponía disimuladamente a la labor, y cuando el metal estuvo casi totalmente limado, comprendí que debía salir de mi palacio. Y, en efecto, acerté: el anillito, al romperse, saltó fuera del dedo, mientras que mi figura, a toda prisa, creció tanto en altura que realmente temí que chocaría con el cielo –hubiera atravesado en todo caso la cúpula central de aquel palacio, o lo habría destruido torpemente si no hubiese salido por la puerta[12]–.

Con lo cual me encontré mucho más grande nuevamente, por más que me sentía ser ahora bastante menos ágil y más torpe que en mi anterior estado. Recuperado de mi aturdimiento, vi a mi lado, en el suelo, el cofrecillo, que se me hizo bastante más pesado al levantarlo y mientras lo llevaba, descendiendo el sendero, hasta la posta. Una vez llegué allí, mandé engancharan los caballos al coche y, de inmediato, nos pusimos en marcha. De camino, intenté comprobar algunas veces si las bolsas colgadas a ambos lados de mi coche aún servían para algo, pero, en vez de dinero —del que ahora no quedaba ni rastro—, encontré en ellas una diminuta llavecita. En efecto, era la del cofre, donde encontré, al abrirlo, una discreta mas razonable indemnización. Mientras ésta duró, seguí llevando mi camino en el coche; al agotarse, vendí el coche y, después, seguí viajando en el coche de postas. Finalmente, me deshice también de la cajita, pues mantenía aún viva la esperanza de que se volviera a rellenar... De ese modo, tras dar un gran rodeo, vine a dar finalmente en este sitio: el hogar de esta buena cocinera en el cual les acabo de encontrar.

FIN

NOTAS

por Yago Barja

1. Goethe hace referencia a un cuento melusiniano que había fabulado de joven, tal y como recuerda en sus «confesiones», publicadas entre 1811 y 1833 como *Aus meinem Leben: Dichtung und Wahrheit / De mi vida. Poesía y verdad*. En este libro autobiográfico, el autor de *Fausto*, tras recordar cómo entró por primera vez en contacto durante su infancia con un buen número de «reliquias» literarias de la Edad Media gracias a una colección de «libros baratos impresos por una editorial de Fráncfort con una letra muy apretada, en el más detestable papel de estraza», en la que la Bella Melusina llegaba acompañada de «*Eulenspiegel, Los Cuatro hijos de Aymon, el Emperador*

Octaviano, La bella Magelone o Fortunatus» (cf. Goethe, *Obras completas*, ed. de Cansinos Asens, t. II, 1.ª parte, pp. 1475-1476), un poco más adelante, al hablar de sus días de estudiante en Estrasburgo, donde traba una fecunda amistad con su maestro J. G. Herder –que lo va a poner en contacto con los grandes clásicos (de Homero a Píndaro, pasando por Shakespeare y Ossian), así como con el cancionero popular de la *Volkslied*–, rememora una gira que hizo por el valle del Rin recopilando viejas canciones folclóricas transmitidas por mujeres, en el curso de la cual realiza una visita a la casa de campo de Friederike Brion, en la pequeña localidad de Sessenheim. En un momento de la misma, viendo que el padre de su amada se retiraba para reposar, uno de sus amigos le propone que los entretenga con uno de sus cuentos: «De buen grado accedí. Nos trasladamos a una especie de cenador y allí les conté ese cuento que luego transcribí con el título de *La nueva Melusina*. Guarda con *El nuevo París* (1811) el mismo parecido que un adolescente con una criatura pequeña, y de buena gana lo intercalaría aquí, si no temiera deslucir, con peregrinos escarceos de la fantasía, la realidad y sencillez rústicas que tan gratamente nos circundan.

Baste decir que conseguí lo que constituye el galardón de quien discurre y narra tales producciones, despertar la curiosidad, mantener cautiva la atención, incitar a buscarles prematura solución a impenetrables enigmas, avivar las suposiciones con cosas más raras todavía, en lugar de las simplemente raras, inspirar compasión y temor, tener al auditorio inquieto, conmovido y, a lo último, hacer que lo serio se trueque en ingeniosa y jovial chuscada, dejando a la fantasía materia para nuevos cuadros y a la razón para más prolijas reflexiones» (*op. cit.*, t. II, 2.ª parte, p. 1712). Con este comentario sobre el clímax literario que presidió la escena, en el que el ingenio y la reflexión se confunden movidos por las emociones de juventud, Goethe se posiciona como un fabulista del romanticismo al igual que Ludwid Tieck o La Motte Fouqué –si el primero escribió su propia versión del poema bajo el título *Sehr wunderbare Historie von der Melusina* (ca. 1800) combinando prosa y verso dramatizados, el segundo publicaría la suya en formato de cuento de hadas como *Udine* (1811)–, pero también como un erudito más entre los folcloristas, escritores y artistas de su tiempo, que con su fantasía y trabajo de campo se esforzaron en recrear en sus obras de un lado las viejas leyendas de las *chansons* y *romans* caballerescos y de otro las historias maravillosas de antiquísima tradición oral, en un momento en el que mitos anglonormandos y germanos como el de Melusina todavía corrían de boca en boca por el mundo rural.

De cualquier forma, *La nueva Melusina*, como su propio título indica, se presenta como una pieza original fruto de la fantasía del propio Goethe, que se distancia intencionadamente en estructura y forma, pero sobre todo en contenido, de la *Melusine de Thüring von Ringoltingen*, publicada en prosa en 1456 a partir del román de Coudrette, de 1401 (hay edición en Abada: Coudrette, *El román de Melusina*, ed. bilingüe y anotada de Yago Barja y Juan Barja, con prólogo de Jacques Le Goff, Madrid, 2023; en adelante citada como *RdM*), y que tuvo una gran difusión en Alemania [cf. *RdM*, n. 120]. Melusina ha sido desacralizada y ya no profesa «católica fe» [cf. *RdM*, vv. 673-78, lo que la hace moderna y liberal, pero también más alegórica al regresar al plano literario que le dio origen, a ese mundo feérico subterráneo del que se sale y se entra gracias a un anillo mágico o que se abre de repente bajo los pies en medio del bosque, como le ocurre a la princesa de *Riquet à la houppe* de

Charles Perrault [cf. *RdM*, n 33]. Libre de todo vínculo con un tiempo histórico predeterminado, *La nueva Melusina* de Goethe es por ello más universal [cf. RdM, n. 24].

2. El texto introductorio que concluye en este punto pertenece a la primera versión de *Die Neue Melusine / La nueva Melusina*, publicada en *Taschenbuch für Damen / Libro de bolsillo para damas* (1817, pp. 1-24), antología de cuentos fantásticos de varios autores de su tiempo. Años después, Goethe optó por eliminarlo con motivo de su inclusión definitiva, sin cambios notables, en su novela de plena madurez *Wilhelm Meisters Wanderjahre / Años de errancia de Wilheim Meister* (lib. III, cap. VI). Una supresión que respondería a su decisión de no hacer uso del manido recurso literario de la ronda de cuentacuentos, que por otro lado remite a la escena del cenador en casa de los Brion [cf. nota anterior], descontextualizando así al narrador, del que nada hemos de conocer salvo que no es un hombre de fortuna.

3. El recurso literario de la bolsa sin fondo lo toma Goethe de una de las protonovelas más difundidas y versionadas por Occidente hasta bien entrado el s. XIX, al menos desde la primera edición conocida, publicada en Augsburgo, en 1509, bajo el título de *Fortunatus* (Stuttgart, 1996), y que ya citamos a propósito de sus lecturas de infancia [cf. n. 1]. El texto original de autor anónimo refiere la historia de un joven mercader del mismo nombre, natural de Famagusta (Chipre) –la metrópoli de los hijos de la 'Vieja' Melusina en los reinos Ultramar–, que un buen día se cruza en el bosque con la diosa Fortuna, la cual le hace entrega de una bolsa inagotable, siempre llena de monedas de oro, que le va a permitir vivir como un hombre rico y realizar largos viajes, empezando por El Cairo, donde es huésped del sultán, al que muestra, entre otras maravillas, un viejo sombrero que le permite transportarse a cualquier lugar. Esta fantasiosa trama vino no sólo a retratar el ascenso de una nueva clase urbana mercantilista que, sin dejar de aspirar a una forma de vida aristocrática como ideal supremo, empezaba a ser consciente de que el modelo del éxito social ya no iba a depender tanto de la sangre, de la heredad nobiliaria, como del poder del dinero, pero siempre sin perder de vista el lema moral que advertía que sin el sabio uso de la razón todo, empezando por la fama, se puede perder en un instante. Muchos fueron los autores europeos que utilizaron el recurso de la bolsa mágica a partir del *Fortunatus*, en especial el poeta *Meistersinger* Hans Sachs (1494-1576) y el escritor romántico Ludwid Tieck (1773-1853), cuya fortuna literaria estudió el escritor y periodista Johann Joseph von Görres (1776-1848) en *Die deutschen Volksbucher* (1807). Pero Adelbert von Chamisso (1781-1838) sería el autor que acertó a dar un giro literario más original al cuento medieval con *La extraordinaria historia de Peter Schlemihl. El hombre que vendió su sombra* (1814), novela breve en la que un hombre insignificante vende su sombra a un desconocido caballero, perso- nificación romántica del infortunio, a cambio de otra bolsa inagotable y «funesta» llena de monedas de oro, lo que le sirve para explicar el tránsito del protago- nista «cuando pasa –en la sociedad y en la ficción– a la condición de personaje (porque antes de hacerse "millonario" no es más que un "canalla" del montón, socialmente del todo imperceptible)» (ed. Juan Barja y Patxi Lanceros, con ilustraciones de E. L. Kirchner, Madrid, Abada, 2020, p. 167). Ese sobreabundante caudal de oro que comparten el Peter Schlemihl de

Chamisso y el narrador de Goethe crece en ambos casos, según se avanza en la lectura, de forma obscena y constante en el interior de la(s) bolsas(s), porque éstas también se multiplican por sí solas, lo mismo que decrece y termina por agotarse bruscamente llegado el momento de enfrentarse al trato/pacto que motivó su mágica aparición: Schlemihl la lanza al «abismo sin fondo» renunciando a su fortuna y al amor de su vida antes de emprender un último viaje maravilloso, de polo a polo, por un mundo deshabitado; en cuanto al narrador goethiano, tras huir de la Nueva Melusina y de su diminuta familia, se conforma con la pequeña «indemnización» que halla en la cajita tras encontrar en una de las bolsas vacías la llave, hecho lo cual se deshace de ella sin miramientos y regresa al «hogar».

4. El «tenue reflejo» de la luz que atrae la mirada del narrador a través de la hendidura de la cajita, tornando visible lo invisible o viceversa según la dirección e intensidad de la misma, es un juego en el que Walter Benjamin (1892-1940) se había iniciado en su *Infancia en Berlín*: «De pequeño, cuando iba de paseo, me gustaba mirar a través de esas rejas horizontales que permitían situarse ante un escaparate, aunque bajo él se abriera un pozo que servía para airear los tragaluces de las profundidades. Pues éstos no salían a la superficie, sino que se quedaban bajo tierra. De ahí la curiosidad de mirar por cada reja en que me asentaba, para obtener del sótano la visión de un canario, de una lámpara o de quien habitara ese lugar, cosa que no siempre era posible. Mas, si durante el día lo había intentado inútilmente, por la noche podía suceder que, cambiando de suertes, yo fuera capturado en pleno sueño por aquellas miradas que surgían de los tragaluces, lanzadas por unos gnomos enigmáticos tocados con sus gorros puntiagudos. Yo me asustaba y desaparecían» (W. Benjamin, *Infancia en Berlín hacia el mil novecientos*, Madrid, Abada, 2001, p. 98). Pero el interés del filósofo alemán por el cuento de Goethe descansaba sobre todo, como él mismo contó en una carta a Jula Radt-Cohn, en el poderoso efecto evocador de la miniaturización: «Verás que –empezando hace más o menos una semana– he entrado en un período de escritura de tamaño pequeño en el que, incluso después de largos intervalos, siempre de nuevo encuentro algún tipo de hogar, en el que me gustaría seducirte. Si percibes esta pequeña caja como algo acogedor, entonces nada debería prevenir que te convirtieras en su Princesa. (Conoces *La nueva Melusina*, ¿no?)» (*Walter Benjamin's Archive. Images, Texts, Sings*, eds. U. Marx, G. Schwarz, M. Schwarz y E. Wizisla, Londres / Nueva York, 2007, p. 52). Como explica Sonia Arribas a propósito de esta invitación que hace a su muy querida amiga Jula a participar de su diminuta ensoñación, «se puede argüir que en Benjamin lenguaje, percepción y memoria vienen frecuentemente de la mano de la miniaturización de las cosas [...] Al igual que el gesto central de la historia, que muestra a un hombre que mira por la rendija del cofrecillo para descubrir en su interior un pequeño mundo que pronto se arruinará o desaparecerá, la palabra también es reacia a ser captada fácilmente, y, cuanto más se acerca uno a mirarla, tanto más se aleja ella en su misterio» («El mundo en miniatura de Goethe y Benjamin. Promesa de felicidad y ruina en 'La nueva Melusina'», *Constelaciones. Revista de teoría crítica*, vol. 2, 2010, pp. 68-69). Esta última reflexión sobre la estrecha relación entre distancia y tamaño en el campo de visión es otra circunstancia relevante de la lectura como juego maravilloso y gratificante, como observa el propio Benjamin, en su ensayo sobre *Las afinidades electivas de J. W. von Goethe*, a propósito de las dos parejas que protagonizan las dos versiones que escribió de la historia: «Mientras que, más débil y sordamente, pero en todo su tamaño natural, aquellos personajes (los de la novela) permanecen a la vista del lector, los personajes unidos en el cuento desaparecen bajo el arco de una última pregunta de carácter retórico en su perspectiva infinitamente lejana. ¿No debió encontrarse insinuada, en la disposición de alejarse y desaparecer, la beatitud, la beatitud en lo pequeño, que Goethe convertirá más adelante en motivo único de *La nueva Melusina*?» (W. Benjamin, *Obras*, libro I, vol. 1, Madrid, Abada, 2006, p. 181). A la vista de este texto, Sonia Arribas concluye que si «la desaparición y la disminución del tamaño están conectadas con la felicidad, también lo están con su opuesto: la ruina [...] Así, en La Nueva Melusina, el amor del protagonista por la bella dama se mantiene como una promesa en la distancia. El anhelo por ella es el efecto de la separación. La cercanía a veces lo afianza, y otras lo desestabiliza hasta el extremo de la destrucción» (*op. cit.*, pp. 68-69) [cf. notas 5 y 11].

5. Esta en principio «alegre» e inocente capacidad que ha descubierto en su amada el narrador para aumentar de tamaño y hacerse gigante, como va a suceder normalmente en el cuento hasta que él mismo se vea amenazado por esa misma capacidad y decida apartarse de ella, llevó a Walter Benjamin a reflexionar, por boca del danés, el narrador de «Conversación sobre el Corso. Ecos del Carnaval de Niza» (1935), sobre el mundo de lo delicado y lo minúsculo en *La nueva Melusina* de Goethe: «Usted ha dicho que ese mundo, a diferencia del de los gigantes, es el mundo propio de la inocencia infantil. ¿Sabe usted que tengo ciertas dudas? La inocencia infantil, a mi juicio, no sería humana si es que no conociera los dos reinos de los gigantes y de los enanos. No quiera pensar sólo en el aspecto delicado de los niños que construyen sus castillos en la arena o juegan con un pobre conejo. Piense también en el otro lado, en lo tosco e inhumano que vemos en los libros infantiles [...] Por cuanto en ellos ese otro lado se nos presenta en toda su inocencia [...] Lo maravilloso de los niños es que pueden alternar constantemente entre los reinos limítrofes de lo humano y permanecer en uno o en otro sin tener que llegar a un compromiso con el mundo contrario. Esa ausencia total de compromiso es lo que perdemos con la edad. Podemos inclinarnos a lo minúsculo, pero ya no podemos sumergirnos en él; podemos divertirnos con lo monstruoso, pero siempre con cierta inhibición» (W. Benjamin, *Obras*, lib. IV, vol. 2, Madrid, Abada, 2010, p. 199). Tesis benjaminiana que, llevada al terreno adulto del cuento de *La nueva Melusina*, es fácil de aplicar si pensamos que la fisura de la caja que invita al narrador de Goethe a participar, como un gigante circunstancial y no como un niño-gigante, de la fantasía del mundo feérico no implica compromiso alguno con el pequeño mundo de su Princesa [cf. nota 10].

6. Al igual que sucede con la ruptura de Raimondín y Melusina, que se produce en el momento en que él en público la llama «vil serpiente» [cf. *RdM*, v. 4433], en el cuento de Goethe la situación se repite en parecidos términos cuando el narrador llama «enana» a la Nueva Melusina. Desvelar en público su naturaleza feérica en la taberna es la mayor traición. Un acceso de ira lleva a ambos, a Raimondín y al narrador goethiano, a romper el pacto de silencio, pero en esta ocasión no son sólo los celos los que lo impulsan a pronunciar la palabra prohibida, ya que previamente los nervios del narrador se han visto alterados *in crescendo* por las canciones y el tañer del laúd de la Nueva Melusina y su coro masculino, que resuenan al otro lado de la mesa. Unas líneas más adelante nos dirá que la música es «lo que yo más detestaba de las cosas del mundo» (p. 58), confesión que está directamente relacionada con la capacidad que tiene la lírica trovadoresca –juglaresca diríamos en este ambiente– para desvelar su mirada cegada por la venda de Cupido y expresar lo inevitable de la separación por boca de su amada, reflexión impulsiva muy propia del genio que movía la pluma del joven Goethe. Pero también y sobre todo porque para Goethe, que parece hablarnos por boca del narrador, la música no es otra cosa que la expresión artística de una falsa ilusión, ya que los que creen cantar y tocar juntos en armonía sólo comparten las disonancias de un amor desafinado, como pronto veremos [cf. nota 10]. Para el narrador la música, que ejerce sobre su ánimo «un efecto incómodo e inquietante», como él mismo dijo más arriba a la Nueva Melusina, no es esa fuente del placer de la que hablaba la 'Vieja' Melusina cuando le dice adiós a Raimondín con tanto dolor, antes de abandonar para siempre el mundo de los mortales: «Adiós al sonar de los instrumentos» [cf. *RdM*, v. 4821]. Pero hay una

metáfora previa de la imposibilidad de la unión amo-
rosa de dos seres de naturalezas contrapuestas que
Goethe expresa mediante la oposición de dos elementos reveladores, uno natural/sagrado y otro cultural/
profano: el agua virginal de la Creación, pero también
de los ríos, fuentes y lagos del bosque encantado,
frente al vino de los mortales que puede inducir al
pecado, como le sucedió a Noé al llevarlo a un comportamiento indecente. «Cuidadito, que es vino», le
advierte ella justo antes de que pronuncie la palabra
prohibida; «el agua es cosa de ninfas», replica él con
desprecio, marcando distancias entre sus mundos res-
pectivos, justamente al tiempo que derriba su copa.
Pero la última palabra, como en el caso de Melusina y
Raimondín, la pone el narrador de *La nueva Melusina*
sobre la mesa al responder con ironía a su amada que
«¡se ha vertido ahí bastante más que vino!», y remar-
car acto seguido sus palabras con un dulce rasgueo de
las cuerdas del laúd que preludia su decisión de trovar
por la sala, como desafío, el canto final de «separación» al que aludimos líneas más arriba.

7. Sobre esta nueva actividad económica del pueblo
de los enanos, véase la irónica comparación que hace

Goethe más adelante, por boca del narrador, entre el interior palaciego, lujoso y confortable, que se ve a través de la rendija del cofrecidllo y el sofisticado mecanismo del escritorio Röntgen, a la moda versallesca [cf. nota 9].

8. Al contrario que la 'Vieja' Melusina, que es un hada, la Nueva es una enana nacida igualmente de un noble linaje que se remonta, como vemos, a la Creación del Mundo. Todo parece indicar que este relato de los trabajos de Dios y del mundo subterráneo del rey de los enanos lo habría tomado prestado Goethe de dos textos del *Volksbuch* –término acuñado definitivamente a fines del s. XVIII por los ya citados Herder y Görres para nombrar los libritos de cuentos populares que tuvieron una gran difusión en Alemania desde la generalización de la imprenta en el s. XVI–: *Der hornte Siegfried*, donde Egwald (Eckwald) presta auxilio al héroe de *Los Nibelungos* en su batalla con un gigante; y *Belagerung von Mainz*, en el que, bajo el nombre de Edwin –sin duda por un error de transcripción–, sale de su montaña al frente de una abigarrada columna de marselleses enanos y negros, trotando desordenadamente, de un lado a otro, y vestidos de andrajos (*Goethes sämtliche Werke*, Stuttgart/Berlín, 1902-07, vol. XX, p. 235 y vol. XXVIII, p. 245). Pero las aventuras de este ser diminuto del mundo subterráneo, nacido de la antigua estirpe nórdica de elfos negros mineros que forjaron el martillo *Mióllnir* de Tor, la lanza *Gungnir* o el anillo mágico de oro *Draupnir* de Odín, «que tenía la virtud de que cada noche goteaban de él otros ocho anillos de oro de su mismo peso» –anillos que no sólo eran un signo de riqueza, sino, en primer lugar, de poder, pues eran los que se entregaban a los jefes de clan, auténticos «señores de la guerra»–, según el relato del poeta y jurista islandés Snorri Sturluson (11789-1241) recogido en la primera parte de la *Snorra Edda / Edda menor*, («*Gylfaginning*», Madrid, 2016, pp. 113 y 189-191), ya habían sido glosadas en el *Der Hiirnen Seyfrid*, publicado en 1520 a partir de un poema hoy no conservado de la saga de *Los Nibelungos*, escrito entre 1230 y 1300, que corresponde a los hechos que suceden en la primera parte de la leyenda. En cualquier caso, los enanos –*Zwerg, Twerg, Dvergr*, de **dwergaz*, a su vez de las raíces indoeuropeas **dheur* o **dhreugh*, que significan, respectivamente, daño y mentira– forman parte del estrato más antiguo de la mitología germano-escandinava, desde la que llegan a la leyenda, a las sagas (la *Saga de Sörli*, por ejemplo), a la literatura y al folklore, hasta nuestros días. No sólo aparecen en los mitos cosmogónicos (producto de una mezcla de sangre y huesos del ser primordial, según la *Völuspá*), sino que como columnas o puntos cardinales —*Norðri, Suðri, Austri y Vestri*— sostienen el universo. Habitantes de las profundidades de la tierra, particularmente bajo las rocas, los enanos —cuya presencia se puede rastrear en representaciones de la Edad de Bronce— se relacionan con la fecundidad, la riqueza, la sabiduría y todo tipo de técnica (particularmente la minería y los trabajos con metal). No sólo construyen, como ya se ha indicado, todo tipo de artilugios y adornos, dotados todos ellos de diversos poderes mágicos, de los dioses y de los héroes (a menudo exigiendo onerosos precios que se resuelven, efectivamente, en daño: o recurriendo a todo tipo de ardides), sino que la propia sabiduría de los dioses —de Odín (*Wotan*) en particular— también procede de los enanos. Es Snorri el que establece una relación entre estos enanos y los «elfos negros» (más negros que la pez), una relación que se impondría a la postre. Que Goethe estuvo interesado por estas figuras —al menos desde el conocimiento de

Stimmen der Völker in Liedern (1778), de Herder– es una evidencia. Que aplicó a su relato no sólo sus conocimientos sino su creatividad, es una razonable sospecha: las virtudes del anillo, por ejemplo, no constan en la leyenda, aunque sí comparecen en otros objetos mágicos también fabricados por enanos [cf. nota 12]. También con base en Herder, Goethe escribió en 1782 un célebre poema, *Der Erlkönig*, en el que el enano y el elfo juntan sus destinos: el título, anterior a Goethe, que significa «rey de los alisos» tal vez sea una (mala) transcripción de *Elverkonge* (rey de los elfos). Se trata(ría), evidentemente, de los enanos de Snorri, «más negros que la pez». Estirpe diminuta a la que pertenece, como recuerda J. Le Goff, «el rey enano Oberón de Shakespeare (*El sueño de una noche de verano*, 1600), figura que heredó de los elfos y los troles de las mitologías paganas bárbaras, germana y escandinava por un lado, y de la celta por el otro, seres feéricos que enriquecieron, al igual que los gigantes, el imaginario medieval junto a buen número de objetos mágicos: los anillos que otorgan la invisibilidad, las espadas infrangibles del cantar de gesta y el román (*Joyeuse* de Carlomagno, *Durandarte* de Rolando, *Excalibur* de Arturo), los cuernos que emiten un sonido maravilloso como el de Rolando y que no son otra cosa que cuernos de la abundancia que emiten sonidos, y los bebedizos mágicos como el filtro de amor que beben Tristán e Iseo» (J. Le Goff y J.-C. Schmitt, *Dictionnaire raisonné de l'Occident médiéval*, París, Fayard, 1999, p. 714). En cualquier caso, al relacionar implícitamente en su relato los mundos paralelos de la 'Vieja' y la Nueva Melusina, Goethe tiene el gran acierto de evocar la estrecha relación de los enanos escandinavos y germánicos con sus parientes celtas, que, según un buen número de leyendas galesas y bretonas, «los campesinos y labradores descubrían en los campos escondidos en una mota de tierra o descansando a la sombra de una brizna de hierba [...] y que al igual que las hadas tenían poderes mágicos y una ciencia profética» (Alfred Maury, *Croyances et légendes du Moyen Âge*, París, 1896, pp. 53-54) [Cf. *RdM*, notas 154, 93 y 107].

9. La fama de los asombrosos escritorios de David Röntgen (1743-1807), conocido como el Arlequín de la ebanistería mecánica, se extendió por las grandes cortes europeas sobre todo a raíz de que Luis XVI le encargase un modelo único por el que pagó una desorbitada suma. Al igual que la caja mágica que se transforma en palacio del rey de los enanos, el escritorio del rey de los franceses se metamorfoseaba, de lo que cerrado parecía una especie de inodoro, y mediante un solo tirón que accionaba un complejo sistema de resortes y pestillos, en un lujoso escritorio que, en su parte central, enmarcaba una Minerva junto a un retrato de María Antonieta en marquetería, de tal fineza y plasticidad artísticas que ofrecía la impresión de estar fabricado en piedras duras. Todo ello rematado, entre un delirio de detalles arquitectónicos y decorativos en bronce dorado, por un reloj musical diseñado por su socio Peter Kinzing (1745-1816), que. por encargo de la reina y de otras damas de su tiempo, fabricó una ingeniosa y larga lista de órganos, dulcímeres y carrillones automatizados.

10. Esta lectura «terrorífica» que hace Goethe del matrimonio tradicional con un discurso radical propio de un hombre de la ilustración avanzada, en el que relaciona metafóricamente las «desarmonías delirantes» de un concierto camerístico con el *duetto* que forman marido y mujer, tendría, al menos en apariencia, una armónica 'contestación' por parte de

Felix Mendelssohn (1809-1847) con *Die Schöne Melusine/La Bella Melusina*, (Obertura, opus 32, 1834), pieza musical escrita en formato de sonata, llena de referencias pictóricas y paisajísticas, inspiraba en los cuentos de Tieck y La Motte [cf. nota 1], que escribió como regalo de cumpleaños para su hermana Fanny. Pero la obertura iba en realidad dirigida a Conradin Kreutzer (1780-1849), autor de la ópera *Melusine* que Mendelssohn había presenciado un año antes en Berlín, según explicó a la propia Fanny en una carta: «La obertura de Kreutzer tenía un coro que me desagradaba sobremanera, y toda la ópera también. Pero Mlle. Hännel (la cantante) que estuvo fascinante, especialmente en una escena en la que hacía de sirena en actitud de peinarse, me inspiró el deseo de escribir una obertura que el público encore no ha podido escuchar, pero que sin duda acogerá con gran placer» (*Mendelssohn's Letters from 1833 to 1847*, ed. Lady Wallace, Filadelfia, 1864, pp. 31-32). Los círculos musicales la recibieron con entusiasmo y un crítico comentó que la obertura de Mendelssohn «no intenta trasladar la historia de Melusina al lenguaje musical [...], sino sólo evocarnos, desde el mundo onírico y poderoso de la armonía, la felicidad e infelicidad humanas» (cf. Clive

Brown, *A Portrait of Mendelssohn*, New Heaven, 2003, p. 359), intención que en el terreno de la fantasía coincide con el ideal al que renuncia, por disonante, el narrador de *La nueva Melusina*.

11. La huida del narrador es quizá el elemento más diferenciador entre la 'Vieja' y la Nueva Melusina, al ser él mismo y no su amada quien huya *in extremis* del reino diminuto y del compromiso de casamiento al que se ve forzado, con todos los beneficios de fortuna que *a priori* implicaría. Firme decisión que, si por un lado distancia a Goethe como escritor y poeta del mito del amor cortés de la lírica medieval, por otro se presenta como un rechazo al matrimonio aristocrático que iba a posibilitar la renovación de la sangre de una estirpe diminuta en decadencia, asunto que, como hemos visto, no le atañe, y que en el marco de la nueva sociedad burguesa que se está abriendo paso tras la crisis del Antiguo Régimen ha dejado de ser una aspiración, incluso para el más miserable de los seres. El narrador goethiano no lo duda: prefiere dejar atrás el maravilloso mundo de las ninfas y vivir una existencia humana que le permita alcanzar un ideal propio: «verse como un gigante enorme», libre de ataduras matrimoniales y anillos mágicos, aunque para alcanzarlo tenga que renunciar a la «felicidad» del mundo en miniatura, llevando una vida errante, de posta en posta, y llena de estrecheces, entre vinos y bellas damas en una mesa de taberna.

12. Esta práctica solución a la que llega el narrador sobre el poder oculto del anillo –no muy distinto del *Draupnir* de oro que los elfos fabricaron para Odín (cf. nota 8)– para devolverle a la forma humana recuerda uno de los motivos centrales de la versión alemana de la leyenda del Caballero del Cisne (*Elioxa*, s. XIII), que, como recordó en su día Ernest Faligan (1832-1890), «es casi idéntica a la del Hada Melusina, pues se basa en la unión de Lotario (rey de Hungría) con un hada (Eloísa), y en el nacimiento de varios hijos fruto de ese matrimonio, venidos cada uno al mundo con una cadena de oro que les otorgaba el poder de metamorfosearse en cisnes, para luego retomar la forma humana. Esta vieja leyenda fue recogida por los hermanos Grimm en sus periplos por los países germánicos, o, para ser más exactos, por los países germánicos eslavizados, llegando a dar forma nada menos que a nueve versiones diferentes que, en origen, eran probablemente anteriores a las Cruzadas (Grimm, *Les Veillés allemandes*, París, 1838, t. II, pp. 342-81). Podemos encontrarla en un viejo poema alemán, *Lohengrin*. De boca de los cuentacuentos árabes y judíos pasó al *Dolopathos*, una de las variantes (medievales) del *Libro de los Siete Sabios* (ss. X-XV), y es posible seguir sus transformaciones en las principales lenguas orientales, y su periplo de Oriente a Occidente desde el siglo VI al XVI, dándose además la circunstancia capital y realmente curiosa de que esta hada, mujer de Lothario, era la bisabuela de Godofredo de Bouillon, pero también abuela de Mélisenda o Melusina» (E. Faligan, «Note sur une légende attribuant une origine satanique aux Plantagenets», *Mémoires de la Société nationale d'Agriculture, Sciences et Arts d'Angers*, Angers, 1882, p. 62) [cf. *RdM*, Antecedentes: Geoffroy d'Auxerre, *Súper Apocalipsis*, «Sermo XV» (frag. 2), n. 11, pp. 614-616]. Claude Lecouteux, que ha estudiado el poder que confieren esas cadenas a los niños cisne del hada para trasladarse de una a otra dimensión en las distintas versiones francesas y alemanas de la leyenda del Caballero del Cisne, analiza el papel que juega el orfebre que recibe el encargo, en el *Dolopathos* del poeta lorenés Yohannes de Alta

Silva (1184-1212), de fundirlas para hacer una copa, cosa que sólo logra parcialmente y con grandes esfuerzos: una de las cadenas resulta dañada, lo que impedirá a uno de los cisnes recuperar la forma humana. «En este cuento que explica el origen del cisne –dice Lecouteux– varios elementos ponen en evidencia su antigüedad. [...] La resistencia del oro a los golpes del martillo y al fuego de la fragua del orfebre indica que el metal procede del reino de las hadas. Pero la lógica del mismo no es respetada, porque el niño cuya cadena resulta dañada debería haber tomado parcialmente forma humana. El hecho de permanecer como cisne muestra que la virtud mágica de la cadena reside más en la forma, un círculo cerrado, que en el material» (*Mélusine et le Chevalier au Cygne*, París, Payot, 1997, pp. 110-112), como ocurre curiosamente en este pasaje final de *La nueva Melusina* en el que el narrador logra, también «con grandes esfuerzos», reducir el grosor del anillo. A la luz de la gran difusión de este mito por tierras germánicas a través del *Volksbuch* es más que probable que Goethe se inspirara en el motivo de la cadena mágica del *Dolopathos* para introducir en su versión un recurso literario que no sólo iba a vehicular el tránsito entre los dos mundos, del de los enanos al de los humanos y viceversa, sino también para cerrar la puerta de forma definitiva a la posibilidad de regreso del narrador al primero, destruyendo burdamente, eso sí, la joya maravillosa llegada del palacio subterráneo [cf. *RdM*, nota 127].

Taschenbuch für Damen (Libro de bolsillo para damas), portadilla de la edición de 1819.

ÍNDICE